Un si bon garçon !

Mes parents ne cessaient pas de répéter cela, quand je leur ai annoncé que je divorçai.Ils étaient dingue de mon mari. Il est vrai qu'on a eu l'air d'un couple uni pendant 20 ans. Comme quoi il ne faut pas se fier aux apparences. Je ne leur ai jamais raconté mon histoire sordide, le divorce me semblai moins violent comme nouvelle, maintenant qu'ils ne sont plus là, je peux tout raconter, sans froisser personne, bien qu'il y ai d'autres acteurs directs ; mes enfants.

Mais avant d'arriver au divorce , je vais commencer par la vie d'avant. Mes parents se sont mariés en 1952, je suis née 9 mois plus tard, nuit de noce consommée !!!. Ils avaient acheté une maison dans un village normand dans le pays de Bray, Il n'y avait ni l'eau ni l'électricité, je me souviens de la lampe à pétrole, EDF est arrivée j'avais environ 4 ans, ma mère a recueilli sa mère nourrice , qui l'avait élevé , car pour percevoir sa retraite, elle était obligée de vendre sa maison et sa vache qui la faisait vivre..... Chez nous elle confectionnait des caleçons pour une usine, et il fallait l'électricité pour la machine à coudre électrique.... Ma mère et ses sœurs ont été élevées en famille d'accueil, car retirées à leurs parents pour mauvais soins, sur dénonciations du maire de leur village. J'ai appris via les archives que le vrai père de ma mère a combattu en 1914-1918, avait 28 ans à l'époque, s'est battu en Belgique, le mois d'août 1914, arrêté à Chamouillé (Aisne) le 2 septembre 1914 et déporté en Allemagne jusqu'en 1919. J' ignore comment il était au retour, sûrement pas génial pour fonder une famille, s'est marié en 1923 à 37 ans et a eu deux premiers enfants décédés bébés et 4 filles. Donc placées à l'assistance public en 1933. Mon père était l'aîné de 7 enfants. Il m'a toujours dit que mon grand-père le maltraitait, j'ai toujours eu du mal à le croire , car c'était un adorable grand-père.

Dans notre maison l'eau courante est arrivée bien longtemps après. Pour la lessive hebdomadaire ma mère charriait les seaux d'eau de chez le voisin , elle remplissait des baquets, et » Bouillot » Grand bac sous lequel elle brûlait du bois pour chauffer l'eau.....

Les quatre enfants dormaient dans la chambre des parents, quelques années plus tard j'ai partagé la chambre de la mère nourrice de ma mère que nous appelions Mémère. Mes frères ont eu une chambre après décès du locataire. Il n'y avait pas de wc, je partageais le seau hygiénique de la grand-mère, et m'essuyais avec le même chiffon qu'elle , ça s'appelait la loque à merde !!! Dans la journée nous utilisions des wc dehors, très rudimentaires un seaux sous une planche, ma mère devait le vider sur le fumier, car nous avions une basse-cour, volailles et des lapins et parfois mon père engraissait un porc, cela pour nourrir sa famille. La litière des animaux devenait fumier. Dans ce wc il y avait du papier... journaux ou cahiers d'école usagés écrits à l'encre violette, nous devions avoir le derrière violet !! Dans ma chambre, qui n'était pas la mienne d'ailleurs, il gelait l'hiver, le contenu du seau était gelé, il y avait de jolies fleurs de glace sur les carreaux de la fenêtre. Je préchauffais mon lit avec une brique chaude. Je mettais des tonnes de manteaux dessus les couvertures, nous avions du mal à nous réchauffer.

A quatorze ans je suis allée en pension au lycée Gustave Flaubert à R, plus tard mes enfants pensaient que le pensionnat c'était punition, ha! non alors. Quarante élèves par dortoir, pas grave, pour avoir, les wc, le papier toilette, la douche, l'eau courante et chaude, et aussi la paix pour faire les devoirs, à la maison c'était toujours conflictuel.

A 17 ans j'obtiens un CAP de vendeur confection enfant et layette avec mention anglais, pas de quoi entrer à l'ENA, mais j'ai trouvé du travail de suite.

Les premiers mois je partage une minuscule chambre, à R, avec mon amie d'enfance, nous étions les seules filles du village a être née en 1953, et d'après les potins du village elle n'aurait pas dû vivre car sa mère, faute de pilule et d'ivg légalisé, jetais ses nouveaux nés dans la fausse à purin de son voisin qui était derrière sa haie....Elle avait eu déjà deux garçons , un enfant tous les dix ans, mon amie avait vingt ans d'écart avec son frère aîné, et dix ans avec celui d'avant. Donc elle a soi-disant vécu grâce au maire du village qui avait dit à sa mère qu'elle allait avoir des ennuis, il avait du la voir enceinte car elle était une employée de la commune.

D'autres potins ; à l'école on se moquait de nous, mon frère né après moi avait un surnom, celui du locataire de mes parents, car ils avaient acheté la maison avec un vieux locataire, ils est décédé dedans, quelques années plus tard, donc soit-disant mon frère ressemblait à ce monsieur, le père D..quand j'étais adulte une de mes tantes m'a insinué que c'était vrai. Mon frère aîné est né avant que ma mère rencontre mon père, ma mère n'a pu annoncer sa grossesse à son amoureux de l'époque car il est parti au service militaire et ne l'a pas revu, sa mère nourrice s'est empressée de la marier à mon père.

Donc mon amie a travaillé à la poste et moi vendeuse, huit jour dans une pâtisserie, un mois à materna, trois mois dans une librairie, et deux ans dans un magasin de café brûlerie , on torréfiait le café. Entre

temps mon amie est partie dans l'Oise , se rapprocher de ses frères, je l'ai perdue de vue peu à peu,
Donc j'ai été vendeuse de 1970 à 1972, et un jour une autre amie du pensionnat, me dit qu'on embauche, à l'hôpital. En quinze jour j'étais ASH à l'hôpital. J'ai gravi les échelons pendant 20 ans. En 1971, quand j'étais encore au magasin de café, le samedi j'allais danser avec mes collègues, l'une d'entre elles me présente un jour le fils de son beau-père, sa mère s'était remariée.
Je suis donc sortie avec le beau-fils de la mère d'une copine, l'été 1971. Et après en février 1972 on s'est aimé très fort.....que je fus enceinte en octobre 1972, pas mieux que ma mère et les autres...J'étais contente car c'était mon rêve d'avoir un bébé, mais à 19 ans j'étais jeune, encore mineure, j'allais être « une fille mère » !!! Je ne me rendais pas bien compte de la situation, j'avais du travail je me sentais capable malgré tout d'assumer. Pas le même son de cloche du côté belle-mère. Son garçon préféré n'avait que 21 ans, pauvre petit, lui était majeur, je n'ai jamais su ce qu'il ressentait à ce moment là, il venait de finir son BTS et ne l'a pas eu ça c'est ma faute, nous passions parfois des après-midi ensemble il séchait les cours.. Sa mère décidait à sa place, d'ailleurs je l'ai suivie partout ou elle m'a emmenée , pour « faire passer le fœtus » je ne me rendais pas bien compte. Elle m'a emmenée chez un médecin qu'elle connaissait, qui devait pratiquer des IVG illégalement. Ce généraliste m'a donc examinée, j'avais honte de faire ce genre d'examen devant ce médecin, ma belle mère, et mon amoureux, elle a fait sortir son fils, j'aurai préféré qu'elle sorte elle. C'était la deuxième fois que j'avais ce genre de consultation, la première fois quelques jours auparavant avec mon généraliste, qui m'a annoncé que j'étais enceinte. Bref ce nouveau toubib ne s'est pas mouillé, il a dit à ma belle-mère que j'étais mineure, et que le fœtus était gros comme une orange, c'était trop tard, il lui a conseillé l'Angleterre. Quelques jours plus tard elle m'a emmenée chez une voyante qui était son employeur, son employeur de l'époque , elle était sa secrétaire, celle-ci m'a fait boire une potion avortive à deux semaines d'intervalles, et ça n'a pas marché. Je déteste ces trois épisodes de tentative d'avortement, c'était très violent. J'ai été malade les 4 mois suivants, je vomissais toutes les matinées, mais j'étais contente, de poursuivre la grossesse. Mon état s'est amélioré les mois suivants. J'ai trouvé un deux pièces pour y habiter avec mon compagnon. Ma belle- mère, nous a acheté d'occasion une table et 2 chaises, une cuisinière, un réfrigérateur et donné le lit de

bébé de ses enfants. Moi j'ai acheté notre lit et une armoire en plastique. Enfin mon bébé était prévu pour mes 20 ans il est arrivé quelques jours plus tard. Ma belle-mère m'a tenu la main tout l'après midi, elle n'en voulait pas de cet enfant, et maintenant tout ce cinéma. Après 18 heures de souffrance l'accouchement à eu lieu. J'ai été anesthésiée pour une délivrance artificielle, hémorragie, donc transfusion ; deux culots. Je m'étais promis de ne plus jamais recommencer. Je voulais l'allaiter, mais personne ne m'a aidé, comment procéder etc...

Le jour de la sortie mon bébé avait perdu trop de poids, le personnel me laissait sortir sans mon bébé, parce qu'il ne grossissait pas, j'ai fait un scandale que je ne partirais pas sans mon bébé, je leur ai dit que j'allais passer au biberon, qu'ils me prescrivent le lait à acheter etc...,Et finalement ma belle-mère nous a ramener à mon deux pièces.

J'étais heureuse, et amoureuse, et ne regrettai rien, mon amoureux a travaillé , l'été suivant et est parti au service militaire, heureusement, il l'a fait à R. non loin de chez nous, Quand il ne rentrait pas il me manquait, j'étais dingue de lui, j'avais mal quand il était absent. Durant le service ,il est parti en manœuvre à Sissonne et à Caylus, il m'a manqué, il m'écrivait 2 lettres enflammées par jour pendant ces éloignements, il était fou de moi et de son fils. Le congé maternité terminé , j'ai trouvé une nourrice près de chez nous, ça m'a déchiré de laisser mon bébé le premier matin, le poser dans les bras d'une étrangère. Et je suis partie travailler, j'ai pleuré tout le long de la route, mes collègues m'ont consolée, « tu vas le retrouver ce midi ton bébé » me disaient-elles. Le premier week-end que j'ai travaillé, son père l'a gardé j'étais de matin , je rentrai vers treize heures, je lui ai dit que je donnerai le bain en rentrant, etc.. Quand je suis rentrée, mon bébé, était tout beau tout propre, son papa c'était bien occupé de lui..

Les mois passent merveilleusement bien, je suis comblée de bonheur, à l'automne 1974, le gynéco veut que j'arrête un mois la contraception, afin de me cicratiser, le col. Il m'apprend la méthode Ogino, nom d'un médecin qui l'a inventé, qui consiste à prendre sa température tous les matins, quelques jours avant

l'ovulation, 36° 8 , le premier jour de l'ovulation 37°2,
pas intérêt d'avoir une angine, ou surtout le retour du
service militaire, et voilâ nouvelle grossesse !! J'en
suis heureuse , quand y en a pour un y en a pour deux,
j'ai un travail et le papa commence son emploi , là ou
il a fait son stage de fin d'étude, mais j'ai un immense
chagrin quand il me demande ce que je compte faire?
Car l'IVG vient d'être légalisée; rien répondis-je . Ca
ne va pas recommencer , la cavalcade chez les
avorteurs. Le temps passe et on n'en reparle pas, mais
belle maman , l'oblige à"réparer"sa faute, qui consiste
à se marier! Bon si elle y tiens....Alors nous nous
marions le 28 décembre 1974,
Mairie, Eglise, traditionnel sans tralala, bien sur pas le droit à la robe
blanche, tailleur veste pantalon en velours marron et chemisier orangé
clair, le chemisier relève la tristesse , du tailleur stricte. (Anecdote sur
l'hypocrisie du curé , nous sommes allés mon fiancé , mon petit
garçon de dix huit mois et moi à la préparation au mariage, et pour
tout faire bien je suis allée à confesse, j'ai baratiné les péchés
habituels, le curé me dit vous oubliez le principal!! Il voulait que je
dise que que j'avais eu des relations avant le mariage... vicieux! A la
préparation j'étais venue avec mon fils c'était pas nécessaire de le lui
rappeler!!!
Je suis heureuse, et me moque du reste. Je ne me rend même pas
compte du chagrin que je fais à mes parents, à mon père surtout, car il
avait répondu à ma lettre d'invitation, en me disant qu'il ne se
dérangerait pas pour juste un verre de vin!! Qu'il aurait bien eu deux
ou trois lapins et volailles à m'offrir, je lui avait répondu que je ne me
mariais pas pour faire la fête, mais pour régulariser ma situation , j'ai
compris bien plus tard, quand mes enfants étaient adultes. Je voudrais
retourner en arrière, c'est trop tard, j'étais son premier enfant, sa seule
fille, et il aurait aimer me conduire à l'autel, à l'église du village. Et
éventuellement organiser un repas de fête!
Alors que nous avions organisé un vin d'honneur uniquement l'après
midi, et le soir nous sommes allés au restaurant tous les deux et
avions confiés notre petit garçon à sa grand-mère , que l'on nomme
maintenant, Mamy.
La grossesse se passe super bien , pas malade comme à la première,
nous quittons notre deux pièces, pour un appartement , plus spacieux
en banlieu de R.

La naissance se passe bien , les soignants font tout ce qu'il faut pour ne pas faire hémorragie comme la première fois, par contre après la naissance du deuxième enfant les contractions reviennent comme si on réaccouchait, c'était horrible. Le papa a assisté à la naissance , et ne se sentait pas très bien , le personnel, s'est occupé de lui et il est revenu à la fin , juste avant l'expulsion . Quand j'ai vu les épaules du bébé j'ai dit c'est un encore un garçon!! " mais non a répondu la sage-femme c'est une jolie petite fille"! (4kg480). Son papa a coupé le cordon.

S. est partie au service des prématurés pour y être exanguinotranfusée, car incompatibilité de rhésus. Je ne l'ai revue qu'à notre sortie, le 5 juillet , pour les deux ans de son grand frère.

J'ai deux bébés, un congé parental de deux ans, je suis disponible pour mon mari et mes jeunes enfants, je suis comblée de bonheur, mes plus belle années.

Ma vie est un long fleuve tranquille!

En 1976 , nous partons en vacances à Arromanches (14) nous y sommes bien car dans notre appartement nous avons 40°. J'ignorai tout de la guerre 1939-1945, mon père me racontait les bombardements, les dégats de la ferme etc. ses traumatismes...j'en apprends un peu plus par le musée d'Arromanches. Nous rentrons un peu plus tôt , car mon plus jeune frère se marie, et je suis son témoin, Il a eu un fils et je suis sa marraine, ils habitent dans notre immeuble. En septembre, je deviens la nounou de mon neveu et filleul, car j'ai encore un an de congé

parental, ça me fait 3 bébés!!
Je m'en sors très bien. Mon grand garçon va à la maternelle.
En 1977 je reprends le travail, je suis toujours à

l'Hôtel-Dieu, mais affectée au service des prématurés, la DRH a prétendu que je venais d'avoir un bébé, que j'allais donc savoir m'occuper des bébés, c'était vrai, mais quand je me suis trouvée devant des bébés de 800g à 1kilo200, j'en menais pas large, j'avais manipulé des bébés de 4kg200 et 4kg480. L'auxiliaire de puériculture qui a fait ma mise en route, m'a appris à les manipuler, m'a dit que c'était pareil, etc...Ce travail me plaisait beaucoup, j'ai été formé par le professeur F.? Formation en néonatalité, trisomie, incompatilité de rhésus et de groupe, malformations en tous genres; hydrocéphalie, pied bot, bec de lièvre, enfant sans sexe ou avec les deux, bébé à 2 têtes etc...Mais au bout de quelques mois, mon mari, en a marre de me conduire à 6 heures du matin ou d'aller me chercher à 20 heures 30, je n'ai pas encore le permis. Entre temps nous avons trouvé un terrain, pour y construire notre maison, c'est à 30 minute de mon travail, il me faut passer absolument le permis de conduire, avant de déménager. Je commence donc les leçons en janvier 1978, j'obtiens le précieux césame le 6 juillet 1978, entre temps j'ai demandé un poste à la journée , la directrice de l'école d'infirmières, voulait une aide soignante, pour aménager en linge, matériel de soins, les chambres ou logeaient des mannequins, très bien imité , "malades en plastique".
Je suis donc affectée à ce poste en février 1978. Ma fille va à la maternelle à cette rentrée elle à 2 ans et demi, pas de pleur, son grand frère n'est pas loin, à la première récréation elle n'a pas voulu retourner dans sa classe ,l' instit l'a laissé aller dans la classe de son frère... elle est retourné dans sa classe l'après-midi y faire la sieste. Et après elle s'est habituée.
A l'école d'infirmières, je fais aussi ma première rentrée pas en tant qu' élève, mais comme lingère c'est ainsi que je suis nommée, parce que les premiers jours, j'ai fai la rentrée des élèves infirmières, un représentant des établissements Baudeux d'Armentières (59) est venu prendre commande , des uniformes des élèves, j'ai passé la journée à prendre

les mesures de 80 élèves, 2 élèves garçons   2 Alain,
on dira désormais "école d'infirmiers et infirmières" .
Une autre rentrée aura lieu en septembre, ce sera
comme ça pendant presque 10 ans. Il y a donc 4
promotions ; les premières années de 1978 et les 2ème
années de 1977 , le diplome d'état d'infirmiers est
obtenu après deux ans et demi d'études, quelques
années plus tard passera à 3ans.
Il faut donc envoyer , à la blanchisserie les uniformes
des élèves, quand elles sont en stage dans les divers
services du CHU.
Une fois par semaines , et chacun leur tour les élèves
internes, déposent les draps à laver, je leur distribue
draps propres en échange. Je suis donc lingère le lundi
, mardi et vendredi. A l'internat résident: des élèves
infirmiers(ères), mais aussi élèves kinésithérapeutes,
élèves laborantins, sages-femmes. Parfois je suis
sollicitée pour surveiller les concours d'entrée de ces
discipline, dans l'amphithéatre 500 élèves , pour n'en
garder qu'une centaine, après ces examens d'entrée.
Le mercredi je suis affectée à la bibliothèque, Je
remets les livres et revues rendus à leur place. Quand
on reçoit de nouvelles revues médicales il y en
première page le sommaire; la bibliothécaire met une
côte devant chaque article, qui correspond à diverses
pathologies, je dois dactylographier une fiche , par
article, et ranger ces fiches dans des tiroirs, classeés
par spécialités …..Les élèves viendront consulter ces
fiches qui les conduiront aux livres ou articles
recherchés pour leurs évaluations. Ce travail a été
informatisé après moi.....
Et le jeudi je suis à la régie, je dois dactylographier, le programme,
répartition des salles de cours,
Pour le chef cuisinier, je lui fais également programme des élèves
présentes dans l'école, je lui tappe également ses menus. Tous les
midis, je suis au self pour encaisser les tickets repas du personnel et
élèves qui déjeûnent .
Après quelques années j'obtiens la possibilité de travailler à 90°/° du
temps plein, je travaille neuf heures par jour pour rester avec mes
enfants le mercredi, mon fils n'en profite qu'une année , car il change

d'école l'année d'après et il y a classe le mercredi matin. Quand à ma fille elle en profite, plusieurs années. Elle change d'école en CM2, et faute de jouer au foot, elle jouera au basket du CM2 jusqu'à la fin de la 3ème, ensuite un club de la banlieu viendra "racoler", les meilleures joueuses, pour leur club, ou elle va jouer pendant 10 ans.
Ma vie est belle, j'ai un travail qui me plait, et l'assurance de le garder, une famille merveilleuse, un merveilleux mari qui m'aime me comble de bonheur, je suis épanouie, il ne peux rien m'arriver, je me sens protégée de tout, en sécurité. En 1977, on achète un terrain où l'on fait construire et nous emménageons en janvier 1981, en septembre je fais une super fête pour les 30 ans de mon mari.
On est heureux !
Ca ne va pas durer malheureusement.
Le week-end du 15 août 1982, nous sommes attendus chez mon beau-père à G. dans le Calvados, le matin du départ, je me réveille avec une atroce douleur dans la poitrine, je ne peux pas respirer profondément. Nous partons quand-même, mais après 3 heures de voiture j'étais pire, mon beau père m'a emmenée chez son médecin, qui voulais m'hospitaliser à Bayeux, j'ai refusé, j' ai demandé au docteur de me soulager, que j'irai au CHU de R. le lundi. La nuit j'ai dormi assise, respiration difficile, et le lendemain nous sommes rentrés. Comme convenu, je consultai le lundi, mais j'étais incapable de conduire, j'ai demandé à ma voisine de me conduire au petit hôpital le plus proche, m'ont gardé la journée, Radio des poumons, électrocardiogramme suspition de péricardite..
radio du tube digestif ; Hernie hiatale, pour le médecin c'est la raison de ces douleurs.
Je rentre chez moi avec un arrêt de travail. La douleur ne s'atténuera , que 3 mois plus tard, un jour j'ai éternué violemment, et ça a craqué entre le sternum, et la colonne vertébrale, à mon avis j'étais coincée du dos, comme des tas d'autres fois, mais comme c'était plus haut et devant, je n'y ai pas pensé.
J'ai été longtemps fatiguée, et peut-être moins disponible pour ma famille, moins attentive....
Un soir, mon mari rentre du travail, on s'embrasse, et son visage sentait la poudre de riz.
Je lui en fait le reproche, il nie je suis parano etc..
Je le harcèle tellement qu'il fini par m'avouer, une relation avec une serveuse de la crêperie où il déjeûne parfois.
Mon monde s'écroule, dépression etc....

Je m'ouvre les veines du poignet, mais ne saigne pas suffisemment, mon mari me retrouve le soir, et appelle notre médecin qui me pose 5 points de stéristrip. J'ignore ce qu'ils se racontent, me prescrit des anti-anxiolytiques.
Quelques jours plus tard, mon mari, me dit qu'il m'a choisie moi , et qu'il a rompu......
La chance je suis choisie !!!!! Quelle humiliation.
J'ai été très mal, très longtemps.
En 1983 me surprends en m'invitant au restaurant pour mes 30 ans, il a invité mes parents et des amis communs.
Il fait tout pour me prouver qu'il m'aime, je lui ai trouvé des excuses, nous sommes devenus parents à 20 ans et 22 ans, et patati et patata. J'arrive à avancer, Mais pas à oublier. Mais je l'aime.
En octobre 1986 je suis enceinte sur un stérilet à la progestérone. Ca ne me déplait pas, mais je risque une grossesse extra utérine, quand à lui catégorique, comme d'habitude veut que j'avorte. Pour moi il faut aller vite car je suis contre l'ivg. Il me dépose un matin à la clinique comme un sac de linge sale à laver, et me reprend le soir nettoyée. L'intervention s'est très mal passée, j'ai donc été anesthésiée, le matin. Réveil difficile, je suis inconsolable. La gynéco vient me voir l'après midi, je pleure je suis inconsolable, elle me dit qu'elle n'a rien aspiré, que je suis toujours enceinte. Je ressors le soir, elle me demande d'aller passer une échographie, le lendemain en ville. Je vais donc en ville le lendemain avec la vessie pleine, c'était très douloureux. Le médecin me fait l'écho, et téléphone à ma gynéco, qu'il y avait ceci et celà je n'ai rien compris à leur jargon médical, qu'il fallait donc retourner, à la clinique, le lendemain.
Je demande à la gynéco pourquoi elle m'a fait aller en ville, et elle m'a dit qu'elle ne voulait pas que je me retrouve avec les femmes enceintes de la clinique. Donc deuxième aspiration sous anesthésie. Je suis rodée, je ne pleure pas au réveil. La gynéco revient me voir l'après-midi et m'annonce qu'elle n'a toujours rien prélevé qui ressemble à un foetus!
_Je vous garde ce soir et demain , je vous fait un curetage sous échographie, et je ne vous anesthésie pas , vous serez juste sédatée Dans les vaps quoi !
Et le lendemain , c'est le même toubib de l'écho, qui visionne pendant que la gynéco fait le grand nettoyage, je les entends vaguement , je suis effectivement dans les vaps! Donc curetage sous sédation.
L'après-midi revisite comme d'hab , elle me dit la prise de sang révèle

que je suis toujours enceinte!

Trois interventions en 4 jours et 2 anesthésies. Les examens sanguins sont redevenus normaux , au bout de quelques jours.

Après cet épisode je très fatiguée, déprimée. Mon gynéco en ville, que je connais depuis quinze ans, m'avait consolée en me disant que la grossesse, n'aurait pas abouti , le foetus n'aurai pas pu se, fixer à cause du stérilet....

Je reprends le travail, après 15 jours d'arrêt, ma nouvelle chef me fait la vie dure, je suis fragile psychologiquement. Depuis 1978 j'étais peinarde, j'organisais mon travail comme je voulais , la directrice de l'école d'infirmières était satisfaite de mon travail et j'étais bien notée, que ma prime annuelle représentait un double salaire, mais voilà , ma chef est partie à la retraite, qui fut donc remplacée par une "vraie petite chef" femme de militaire . Lejeudi je travaillais donc à la bibliothèque, et un jour, elle m'a dit que les wc du couloir de la bibliothèque seraient désormais nettoyés par moi avant d'aller à mon poste, ça ne me dérangeais pas , de dépanner les ASH , mais c'était juste pour m'humilier.

Alors j'ai apporté une bouteille d'acide chlorhydrique, et j'en ai versé dans les seize cuvettes, car au CHU déjà il fallait faire des économies....elles étaient blanches à l'origine, mais là marron foncé! Le lendemain elles étaient comme neuves, ma chef est venue me voir, furieuse, elle me dit que je n'avais pas le droit d'utiliser des produits dangereux et patati et patata. Je lui ai répondu : on est dans une école d'infirmières , pas dans une maternelle....

Bref après ça, harcèlement en continu , depression.

Un jour j'en peux plus, je m'ouvre les veines du coude, je me suis dit que cette fois ça marcherait car les veines sont plus grosses, je m'étais enfermée dans la lingerie. J'ai été dérangée par une ancienne élève et amie elle avait fait son stage d'observation avec moi, et venait me présenter son bébé. J'ai fini par lui ouvrir, la pauvre tu parles d'un accueil. Elle a appelé l'infirmière de la santé, qui avait son bureau en face du mien , qui a appelé la sous-directrice, qui m'a emmenée à l'Hôpital Charles Nicolle pour me faire recoudre; 6 points de suture, aujourd'hui je trouve ça tellement idiot. C'est celui qui s'en va qui est perdant, les autres nous oublient vite.

Aux vacances de Noël 1986, nous partons en vacances en Savoie, dans une pension de famille, la première semaine et la deuxième en location. Nous découvrons la montagne. Nous apprenons à skier, je suis nulle, les enfants s'éclatent. Comme on n'y connaît rien, nous

prenons des leçons de trois heures , une heure suffisait, mais il faut vendre, et donc mal conseillés. Le lendemain matin je n'arrive pas à me mettre debout, en plus nous avons mis le matelas par terre, car le lit est très mauvais. Très courbatues et encore fatiguée de L'IVG.
 Nous faisons le réveillon de Noël avec les autres pensionnaires et on s'amuse bien, nous allons à la messe de minuit, et sur le chemin du retour, nous buvons au gouleau le champagne que nous avions laissé dans la neige, en partant, nous nous étions faits "débaucher" par une famille d'Italiens et d'Allemands de joyeux lurons .
En janvier 1987, retour, à l'école et au travail. Les mois suivants je suis toujours fatiguée et déprimée.
Mon mari est persuadé que je ne me remet pas de L'IVG. J'aurai fini par m'y faire car je me persuadais que je ne serais pas allée au terme, c'était juste très traumatisant.
Quelques mois plus tard, mon mari me fait une proposition très surprenante, il me dit : si tu veux un bébé , je suis d'accord.
Je lui réponds, qu'il y réfléchisse bien car, pour moi c'était toujours oui.
En juillet j'arrête la pillule, et je suis enceinte à l'automne, comme pour les deux autres.
Je suis aux anges, les trois premiers mois se passent bien sauf au travail , le généraliste me trouve hypertendue , je suis suivie ensuite par la gynéco de la clinique, qui m'arrête jusqu'à l'accouchement.
Les six mois suivants sont merveilleux, avant la descente aux enfers..
Pour moi nous étions une famille unie, nous quatre ne faisions qu'un .
Je ne manquais de rien, il ne pouvait rien m'arriver , je me sentais protégée dans tous les sens du terme, en sécurité. Notre amour est intact malgré les tromperies de 1982. J'ai réussi à avancer. Je l'aime tellement que j'en ai une douleur dans la poitrine, c"est plus fort qu'au début. Je me moquais de ma mère qui était soumise, je suis comme elle, je fais tout pour lui être agréable, je fais tout avec amour, nettoyer, laver, repasser, cuisiner etc...Quand on est invité et que l'on est assis loin , l'un de l'autre, on se regarde et ça me suffit, ou aussi on se fait un clin d'oeil.
Ce printemps 1988 il fait un temps magnifique, je passe mes journées dehors, le mercredi après-midi, je conduis les grands à leurs activités sportives, basket pour ma fille et natation pour mon fils, je fais mes mille mètres pendant sa leçon.
Je fais du vélo, écoute de la musique, ma fille passe en boucle: "elle a fait un bébé toute seule" de J-J Goldman, et le fils des voisins ami de

jeu de ma fille écoute à tue tête : "Jo le taxi" de Vanessa Paradis.
Quand je suis seule j'écoute les Beatles....
Les enfants ont profité de mon mieux être , j'étais plus disponible, je
les gâtais, confectionnais des gateaux, crêpes pour leurs goûters ou les
desserts.....Je suis insouciante.
Je suis sur un nuage, profites ma fille , ça ne vas pas durer.
Enfin le grand jour arriva. Le matin du 30 juin 1988, je perds les eaux,
au lever. Ma voisine me conduit à la clinique, dernière belle journée,
il fait un temps magnifique, les enfants sont venus me tenir
compagnie l'après-midi, après que mon fils soit allé chercher les
résultats du BEPC, il est reçu, je ne l'ai pas beaucoup félicité. Ils sont
arrivés trempés se sont pris un orage, je leur donne des vêtements de
ma valise.
Ils sont repartis le soir avec leur père.
 Les contractions ont été plus intenses après. A 21 heures , ça faisait
deux heures que je souffrais, que les contractions étaient rapprochées,
je pensais que le travail avait bien avancé , on m'examine et on me dit
que non, j'étais décue d'avoir souffert pour rien.
Souffrance intense jusqu'à 4heures cinquante , malgré la péridurale!
Pour les deux autres accouchements je suis partie à la maternité parce
que j'avais des contractions, et la poche des eaux a été perforée par la
sage-femme à la fin du travail, c'était extrêment douloureux, mais là le
travail s'est fait à sec, et c'est encore plus douloureux.
J'ai demandé qu'ils appellent mon mari, mais n'étaient pas pressé de
l'appeler …..oui, oui.....on y va
Mon bébé est arrivé sans spectateur.
Son père, son grand frère et sa grande soeur sont arrivés trente
minutes après, son papa lui a donné son premier bain. Enfin pour la
photo! je voulais qu'il coupe le cordon comme à notre fille, mais il n'a
pas été appelé à temps.
Ils sont partis à 7 heures.
Quant à moi on me parle de me mettre dans une chambre après la
délivrance.
Mais à sept heures les horribles contractions reviennent, qui sont
cencées évacuer le placenta qui ne vient pas, donc délivrance
artificielle comme à la première naissance.
Hémorragies et gros caillots, gros comme un placenta, ils n'avaient
pas le temps de remettre une alèze propre, que ça faisait "splach"! Sur
le plastique du matelas. Un film d'horreur ! Qui dure douze heures.
Je me suis évanouie 3 fois. Je ne veux pas mourir. De l'autre côté,

c'est une lumière blanche, je ne vois pas les gens qui s'affaire autour de moi, mais je les entends. Ca va durer toute la journée.

Mon mari prend des nouvelles , on l'informe de la situation, il ne part pas travailler, et revient en salle de travail, ou il reste une partie de la journée.

Comme j'avais fait hemorragie, au premier enfant, j'avais informé la sage femme, de me faire ce qu'il fallait pour que ça n'arrive pas, je l'ai tannée tout le temps du travail, elle n'était pas contente.

Au deuxième accouchement pas d'hémorragie, j'avais été rassurée et assurée que tout serait mis en oeuvre pour que ça n'arrive pas. Et là je reste persuadée, qu'ils n'ont rien fait en préventif.

Idem , pour la transfusion,que je suis incompatible à tout, incompatibilité de rhésus, etc...elle me refait un cours sur les aglutinines , que les résultats sont normaux et patati, et patata...bref de toute façon elle a fini sa nuit je ne l'ai plus jamais revu, l'anesthésiste qui a fait la péridurale, a pris le relais. On est le premier juillet, il est censé partir en vacances à huit heures, il met tout en oeuvre, avant de partir, et finalement, restera jusqu'à midi, pour prêter main forte à sa collègue de jour. Il garde les commandes avec sa collègue de jour. Et s'accordent sur mon sort.

Prélèvement sanguin, pour aller me chercher exactement le sang qui me convient. Y sont allés deux fois car pas suffisant. Donc sept culots transfusés dans la journée, je le sentais passer, tout juste décongelé, et à peine transfusé tout de suite évacué, c'était incompréhensible, car le sang ruisselait et en même temps j'évacuais d'énormes caillots je les sentais passer. Cétait avec d'énormes contractions extrêment douloureuses.

Perfusions de stimulateur cardiaque, la machine affiche cinq de tension. Perfusion pour lutter contre la fièvre et l'hémorragie: deux plasmions, quatre albumine, anticoagulants par calciparine et Dobutamine à dose progressivement décroissante, anti pyrétiques (fièvre) antibiotiques en flash....

La réanimation a duré douze heures, à vingt et une heure, l'anesthésiste m'emmène elle même dans une chambre, et dans l'ascensseur, elle m'embrasse? je lui demande, si c'étais la première fois qu'elle voyait ce cas , elle me répond que c'est sa deuxième fois, elle n'est pas très jeune, donc ça n'arrive pas souvent, heureusement.

J'ai donc fait un choc septique sévère avec trouble du CIVD. Choc septique, n'ont jamais su de quels microbes ou bactéries ils s'agissaient. Toute la nuit la veilleuse vient soulever le drap, tout revient normal peu à peu.

Mon bébé, il est resté dans le bloc pas loin pendant une partie de la journée, et ensuite l'ont emmené en pouponnière. Il pesait 4kg430.

La puéricultrice, une de mes anciennes élèves , qui travaille dans cet hôpital, me recommande d'allaiter, je lui dit que j'en n'aurais pas la force, elle me dit qu'au contraire, ça allait cicatiser plus vite, et me remonter le moral.... Alors j'ai allaité trois mois.

Le lendemain samedi deux juillet, mon mari et les enfants sont venus. Ainsi que mes voisins, ça me fatigue énormément, car leurs enfants ne tiennent pas en place, assis au pied du lit, ont la bougeotte, quand ils remuent, ça me fait mal au ventre. C'est pas grave mais je suis tellement exténuée, m'ont apporté des cadeaux pour le bébé, parure et cape de bain vert d'eau.

Le grand frère et la grande soeur ont apporté à leur petit frère, un lapin bleu.

Nous sommes donc rentrés à la maison le huit juillet .

Je reste épuisée pendant très longtemps, heureusement mon mari et les grands sont en vavances.

J'allaite mon bébé, et lui donne des compléments au biberons , car le lait maternel, n'est pas suffisant pour un gros bébé affamé . Le premier mois est difficile, mais après, le soir j'ajoute une cuillère à café de farine "Picot". Et à partir de là, les nuits ont été plus récupératrices.

Le papa retourne travailler en Août, et donc je suis la journée avec mes trois enfants, ils sont merveilleux. Les grands s'occupent bien de leur petit frère, se "battent" pour les tours de biberon, mais pas pour le change. Et les biberons c'est de temps en temps, je tire le lait et l'excédent je le garde au réfrigérateur ou au congélateur, pour plus tard.

En septembre les grands reprennent le chemin de l'école, et je reste avec mon bébé, je me sens de mieux en mieux, on est bien tous les deux. Suis heureuse de me retrouver seule avec lui.

Tous les après-midi, nous faisons le tour du village, ça prend environ trente minutes, mais je suis parfois invitée sur mon chemin à prendre le café chez des amies.

Et c'est la meilleur façon de faire dormir mon bébé l'après midi.

Vers la fin du mois d'août, je redeviens plus caline, la cicatice de l'épisiotomie est encore sensible, mais j'ai envie d'essayer, c'est vrai que ça va être difficile d'associer sexualité avec la vision d'horreur qu'on a vécu le premier juillet. Mon mari n'est pas empressé après deux mois d'abstinence.....

Je tente une"gâterie", il tente de me repousser ? J'y parviens, mais mon sang ne fait qu'un tour, car il sent la matière fécale. De drôles de pensées me viennent, et puis je me dis ; t'es "parano" ma fille.

Plus tard je me souviendrais de cet instant, que j'ai toujours eu un bon odorat, et que je ne suis pas folle.

Je comprendrais mieux, aussi pourqoi cette fièvre post-nalale, et aussi les micoses chopées pendant la grossesse. Il m'a infectée après avoir eu des relations à la con . Il pouvait également contaminé notre bébé.

Je ne laisse rien paraître, mais je suis blessée, j'aurai voulu être cajolée après ce je venais de vivre, je reviens de loin. Mes enfants sont merveilleux, et me réconfortent.

Le samedi dix sept septembre 1988, mon mari part récupérer les grands au lycée, il me demande son chéquier et ses papiers qui sont dans une autre veste, je fais tout tomber, en lui apportant, il y avait 200 francs, que j'ai remis dans le chéquier, j'ai dit c'est quoi cet argent? Il me réponds c'est toi qui me les a donné hier.

Et il part.

A leur retour on déjeûne.

L'après-midi , mon mari tapisse une chambre au rez de chaussée pour D, qui va donner la sienne à l'étage à son petit frère.

Donc je questionne mon mari, je lui dis qu'il fait ce qu'il veut de son argent, pourquoi, me dire que c'est la monnaie qu'il m'a demandé la veille pour son café, je lui avais donné cinquante francs en pièces de dix francs, et il était tombé deux billets de cinquante francs et un billet de cent francs.

Il m'aurait dit c'est une note de frais, comme des tas d'autres fois, je m'en serais contentée, et lui aurait fichu la paix.

Mais il s'enfonce, me dit qu'il voulait me faire un cadeau, d'habitude il paie avec sa carte

Ensuite il me dit qu'il a joué gros et qu'il a tout perdu au loto etc….

Il finit par me dire qu'il s'est fait piégé par une prostituée.

Les bras et les jambes sont tombés, j'étais occis

A partir de ce jour là je n'ai plus tourné rond.

A partir de ce jour là j'ai fais les compte, c'était lui, qui s'y collait habituellement.

Je n'étais pas au bout de mes découvertes, toute l'année 1988, il a fait des tas de retraits, il a tiré trois mille francs.en tout. C'était insupportable, grotesque, dégoutant, SORDIDE.

En novembre, il me promet de ne plus recommencer . Je ne raconte à
personne, j'ai trop honte personne ne me croira, sauf à la gynéco qui a
suivi la grossesse, c'est moins grave que si il était amoureux d'une
autre personne, me dit-elle, je lui parle divorce, elle ne me voit pas
seule dans la nature avec un bébé. En novembre j'en suis encore au
stade des prostituées, suis prête à pardonner, à avancer pour les
enfants.Tout le monde me croit toujours malade à cause de
l'accouchement.
Je continue d'éplucher les comptes, et m'aperçois qu'il fait des
chèques de deux cents francs, pour que ça se voit moins il fait un
chèque de cent trente francs et un autre de soixante dix francs qui font
deux cents , prix d'une passe ou le prix des repas pris au restaurant,
pour m'induire en erreur, me prend vraiment pour une
imbécile....J'écris à notre banque de me faire parvenir les copies des
chèques en question. En janvier 1989, je reçois la copie d'un premier
chèque, à l'ordre de B M.
Je trouve le nom de ce type dans l'annuaire, je lui téléphone, je
m'imagine que c'est un proxénète, je ,lui dit que mon mari avait eu des
relations avec une prostituée, et il vous a fait un chèque,
il me réponds qu'il n'est pas proxénète, qu'il travaille à son compte, je
suis perplexe, ne comprends pas, et le mec de me péciser, je suis
travesti...au revoir !
J'ai cru que j'allais m'évanouir, j'était sous le choc. Tétanisée.
J'ai appelé mon mari l'ai prié de renter de suite.
Quand il entre je lui demande s'il encule ou se fait enculer, à son tour
il est choqué par mon vocabulaire, je lui dit que je savais tout, que
c'est un salaud, un gros dégueulasse, il s'affale dans un fauteuil et
pleure. Soi-disant il voulait se comparer , à quoi à qui ??
Abraccadabrantesque!! Je donne le goûter à notre bébé, et lui met
dans les bras, il n'en veut pas , car son père,est pédé dit-il, je vois pas
le rapport. Et je suis partie récupérer les grands à la gare. Et comme
d'habitude, tout va bien, "je vais bien tout va bien"!
Les jours suivants j'ai reçu d'autres copies de chèque, ça fait beaucoup
pour juste une expérimentation, sans compter les paiements en
espèces.
Bref je ne tournais pas rond depuis septembre, mais là c'est le
pompon, j'ai gagné le gros lot, quand on me mettais en boîte, au
travail , je disais, qu'il n'y en avait qu'un comme lui et c'est moi qui
l'ai eu, j'étais fière de mon mari, de mon couple, de ma famille. J'étais
tellement dingue de lui, j'ai mis la barre bien trop haute, la chute est

rude.

Pour moi, il a voulu faire ce bébé, pour avoir la paix, pour que je le laisse vivre sa vie...Faire ce qu'il veut de son argent, Depuis 1986, il gagnait plus, il était grisé. iL y a d'autres façons de se faire plaisir, que de risquer ma vie et celle de son enfant.

Auparavant, j'avais une grande confiance en lui, je n'aurais jamais eu l'idée de le surveiller, malgré l'écart de 1982, je n'avais pas oublié, mais on a parfois droit à l'erreur, la belle excuse!

Je lui cède pour qu'il achète, une nouvelle voiture, céder, est un bien grand mot, sa décision était déjà prise, il m'emmène, chez un concessionnaire où il avait repérer une Rover, me demande mon avis, mes arguments sont le prix, emprunter 100 000 francs, 2300 francs par mois ça fait une somme.

C'est moi qui la conduirais la plupart du temps puisque lui, il va travailler avec une voiture de fonction.

Une voiture de ce prix, devrait donner satisfaction. Je suis souvent en panne avec le bébé à l'intérieur. C'est l'hiver le dégivrage ne marche pas etc...

Il me fait des promesses, qu'il arrête ses conneries qu'il m'aime, il ne veut pas me perdre......

Je ne sais plus quoi penser; Aux vacances de février 1989 je pars seule avec les enfants à Saint Valérie en Caux, et ne le préviens pas.

Deux jours plus tard je l'appelle pour lui dire où j'étais. Je m'ennuyais déjà de lui.

Je suis toujours "accro", j'ai hate au vendredi pour le retrouver. Les retrouvailles sont agréables, les enfants contents de retrouver leur

père, nous avons passé une bonne semaine, à la mer, malgré le froid
de février. Le midi nous allions déjeùner sur les galets, à l'abri du
vent, avec un super soleil, nous somme rentrés bonne mine comme si
nous étions allés à la montagne. Le matin les grands allaient faire du
patin à roulettes sur la jetée.
Le samedi nous sommes rentrés.
Retour à la maison, pas plus amoureux que ça, pas empressé; Sur la
digue à Saint Valéry il était plus empressé, (dans la voiture) car
dehors il y avait en dessous de zéro.
Il est désagréable. Le 25 février 1989 nous sommes invités à dîner
chez des voisins, les grands gardent leur petit frère. Il m'a humilié , on
devait se raconter des histoires de couple, et il se met à dire qu'il
mettait la cafetière à l'envers pour me montrer que je devais lui faire
du café pour son petit déjeùner.
Il débloque car comme moi il préfère le café fraîchement coulé et pas
du réchauffé, suis perplexe.
A la mi carême je fais des crêpes aux enfants pour le goùter, et quand
il rentre le soir ça sent encore le gras brùlé, il s'exclame
méchamment., on est enfumé là dedans!!!
J'aurai préféré ,ça sent les crêpes!
J'ai essayé de ne pas le surveiller.
Les mois passent, j'essaye d'aller bien pour les enfants. Mon petit
bébé évolue bien malgré la tristesse de sa mère, il me comble de
bonheur, les premiers mois , quand j'étais au plus mal, je le serrais
contre moi, comme si il allait me guérir, il n'est pas un médicamment,
le pauvre trésor, de toute façon j'étais allée consulté mon généraliste,
qui m'avait prescrit "Lexomil", je pleurais moins mais j'avais
toujours très mal.
Pâques 1989 on le fait chez belle maman.
Le vingt huit avril 1989, nous faisons bâptiser C. son grand frère et sa
grande soeur sont parrain et marraine, et un seul invité, le fils des
voisins F. qui est toujours chez nous, il joue avec ma fille.
Je l'avais emmener en vacances à St Valéry.
En juillet je vais passer, une journée à Deauville je rejoins mon plus
jeune frère, qui campe à Trouville avec ses enfants, lui aussi est en
galère, s'est fait virer de chez lui, son meilleur ami lui a piquer sa
femme.
Noël 1989, on le fait chez nous, avec belle maman comme d'habitude!
A la saint Valentin 1990 mon mari m'offre un CD une réédition de
Jacques Brel ça s'appelle "15 ans d'amour".Ca ne l'empêche pas

decontinuer ses conneries. Je trouve des longs cheveux blonds en nylon sur son veston. Nous partons en vacances, à Seignosse, les enfants s'amusent, bien, les grands font de la planche, car vagues hautes. Un jour nous sommes allés visiter Lourdes. Dans la basilique j'y ai prié pour sauver mon couple, il n'y a pas eu de miracle! Le matin nous avons visité Lourdes c'est une très jolie petite ville. Mais la vue des pélerins sur des brancards, les jambes à l'air ayant ulcères, ecxéma...exposés au soleil de midi par 40° à attendre leur tour pour entrer dans la basilique, nous a fait aller voir ailleurs. Nous sommes allés déjeûner ailleurs , et ensuite nous avons fait du pédalo sur le lac de Lourdes. La vue est magnifique, le lac est entouré par les Pyrénées. En septembre, rentrée pour les grands, terminale, pour D. et changement d'école pour S. qui entre en seconde, a eu le brevet en juin dernier.

En octobe 1990, j'en ai assez, je pars avec les enfants sous le bras, j'ai trouvé une location proche des écoles des grands, mais deux mois après j'étais de retour au domicile, prête à tout oublier, de son côté, mon mari me refais des promesses, ne recommencera plus , il n'aime que moi etc...Sans doute vrai, car il marche à la pulsion, ces vices n'ont rien à voir avec l'amour, mais moi je n'y connaîs rien, l'amour sans amour, je ne connais pas, je n'ai eu que lui, c'est mon premier amour.

Le Noël de cette année là on fait une super fête, les enfants sont heureux.

Le nouvel an 1991 nous sommes invités chez mon beau-père à Grand-Camp (14)

Je vais de mieux en mieux, surtout en juin 1991, je reprends le travail, après avoir eu trois ans de congé pour éléver mon bébé d'amour, il sera gardé en juin par la voisine A . En juillet et août par son père et les grands frères et soeurs. Mon grand garçon a eu son Bac et le permis de conduire et va au lycée Corneille en Pré-Pa. En septembre mon bébé, pardon mon petit garçon, va à l'école, le mardi il était content, le mercredi reste à la maison et le jeudi ne veut pas y retourner je ne sais pas ce que lui a fait la maitresse , c'est horrible pour lui, pleure tous les matins jusqu'aux vacances de la Toussaint. Et moi aussi, j'ai de la peine, impression de l'abandonner, il doit ressentir mon stress.

Mon nouveau travail me plait, mon poste à l'école dinfirmières a été repris. De toute façon je n'y serais pas retournée.

Je suis donc affectée au secrétariat de chirurugie vasculaire, pulmonaire et digestive.

Mon travail, consiste à prendre les rendez-vous au téléphone, ranger ou sortir les dossiers de consultation des patients.

Le soir je rentre avec mes trois enfants, L'ainé est en terminale et ma fille qui a eu sont brevet rentre en seconde à l'institution Rey.

Je ne surveille plus mon mari, je le prends comme il vient.

Et c'est bien ainsi pendant quelques temps.

Je ne surveille pas les comptes, je n'en n'ai pas le temps.

Comme je retravaille, les finances, s'en ressentent, nous partons deux semaines à la montagne aux vacances de février 1992. Les enfants s'éclatent. Moi aussi, à la fin de la première semaine je me pète les ligaments croisés du genou gauche, donc le kiné de la station me fait porter une attelle que j'enlève pour conduire, car l'après-midi, les grands font des descentes et des remontées avec leur père. Mon petit garçon et moi allons visiter la région, le matin il va aux cours de ski, le premier jour, il a pleuré pendant toute le leçon, ça ressemble trop à l'école, et après ça lui a bien plu, faut toujours essayer avant de dire non, il a trois ans et demi et tout à découvrir. Donc l'après-midi il fait la sieste dans la voiture, et moi je me repose au soleil, nous rentrerons avec des mines de capitaine et de jolis souvenirs.

Au retour à la maison, je vais à l'hôpital me faire platrer, le genou, quatre semaines immobilisée, c'est mon petit garçon qui est content pas d'école, reste avec sa maman, on est bien tous les deux.

Les grands vont à l'école en train.

Un jour je pointe mes chèques rentrés, avec le relevé de banque. Je retombe sur un chèque bizarre; deux cent franc, il aurait mis deux mois pour être encaissé. Daté en novembre 1991, apparaît sur le relevé de janvier?? le chèquier n'était pas encore en notre possession à cette date là!!!!

Je suis dans tous mes états une nouvelle fois. Quand je reçois la copie de la banque , le soir je le mets avec le courrier pour le montrer à mon mari , ça lui fait ni chaud ni froid, il m'a dit: et alors je fais des chèques à qui je veux!

Cette fois c'est trop le vase déborde.

Après les quatre semaines de plâtre, je suis allée, à l'hôpital, me faire déplatrer, mon mari m'avait déposé, à l'accueil, la traumatologie, se trouve à l'étage au dessus de mon travail, et je rencontre ma chef dans l'ascenceur, j'ai mon petit garçon, avec moi, elle n'est pas contente, de ma longue absense, j'aurai pu aller travailler avec mon platre, etc.. conduire avec un plâtre ? Je reprends le travail fin mars 1992, et ma chef me prend en "grippe"

Quelques semaines plus tard, je m'absente pour enfant malade, C. est souffrant.

Ma chef me refait des histoires, et me dit qu'il n'y a pas que moi, qui ai des enfants etc..

Elle me laisse entendre que si je ne suis pas contente, que j'aille voir ailleurs. OK j'ai répondu et je suis partie au CGOS. C'est une amie, Nicolle ancienne collègue de mes débuts au bureau des entrées de l'hôtel-dieu, qui me reçoit. Je lui demande si je peux prétendre, à la retraite, OUI je peux j'ai assez de timestre et trois enfants.

Je reviens au bureau, et dis à ma chef, je pars le premier septembre. Elle est restée coite.

Mon mari lui il est furieux, à l'annonce de la nouvelle, il fallait que je lui demande la permission. Je lui dis que c'est sur un coup de tête. En même temps après le congé parental j'avais dit que je ferais les six mois manquants pour partir à la retraite, et je suis restée dix huit mois dans ce service, car le travail et les collègues étaient sympas, la chef aussi, si on fait comme elle veut.

En juillet 1992 nos partons à Hossegor, Landes sud. Mon fils ainé ne vient pas, car je lui ai obtenu un travail d'été, au bureau des entrées de nuit, à l'hôpital. Ma collègue M-C lui loue une chambre, tout près de l'hopital. Ma fille s'amuse bien, elle refait de la planche comme l'année d'avant, un après-midi, elle s'est initiée avec son père, à l'équitation, ils ont fait une balade à cheval, ils étaient enchantés. Qu'à l'automne il s'est acheté une jument.

En aoùt, j'ai la voiture le jour, et D. la nuit. Il travaille quatre nuits, a quatre repos. Les jours de repos il travaille à Mac Do. Il était forcémment crevé. Un jour il enchainait une nuit à l'hôpital après une journée à Mac Do, le téléphonne sonne,la nuit, mon coeur bondit, je savais que c'était lui, je suis rassurée quand j'entend sa voix, il était bouleversé, il venait de rater un virage et avait ratatiné la Rover, Il était évidemment sous le choc, je lui ai dit l'essentiel c'est qu'il aille bien.

Plus tard j'ai repensé, qu'avant de lui prêter la voiture, nous n'avions pas refait le plein du liquide de la direction assistée, elle avait un défaut, je le faisais faire régulièrement, et là nous venions de traverser la France, j'ai oublié, j'avais la tête ailleurs , saloperie de voiture.

Son père est allé le chercher, avec sa voiture du travail et l'a conduit à son deuxième travail le CHU.

Je lui ai téléphonné à son travail il m'a dit; papa n'est pas content"légitime" on lui casse son jouet!

Je le réconforte comme je peux, j'aurai voulu le prendre dans mes bras, je lui dis que son père, n'a pas vu qu'il était choqué, son seul soucis, la voiture est fichue.

Quand mon mari rentre, je lui dit qu'il aurait pu le réconforter. Il m'a répondu

-"qu'est-ce que tu voulais que je lui dise" ?

A la suite, notre relation se dégrade encore plus. Il doit me déposer le matin à mon travail et me reprendre le soir, je devais l'attendre jusqu'à 19h30 pour rentrer, D. allait travailler avec une collègue de bureau qui habitait un village voisin. S. et C. reste à la maison.

Un soir mon mari me dit qu'on pourrait retrouver une petite voiture, en attendant que ça s'arrange. Il ne peut plus faire ses "petites affaires sordides et vicieuses"avant de rentrer.

Quelques temps plus tard, je lui demande ce qu'il a décidé, pour la voiture, il me répond ; Oh tu te démerde j'ai assez entendu parler de cette voiture, il est vrai que cette voiture je n'ai fait que la critiquer, souvent en panne, réparations excessives etc...

Enfin il faut que je me démerde, alors le vase déborde vraiment, j'ai pris rendez-vous chez une avocate le 5 septembre 1992, ça ne me remonte pas le moral, car elle ne croit pas à mon histoire, c'est la deuxième personne à qui je raconte mes histoires sordides, après la gynéco.

Cette avocate commence par me demander combien nous gagnons, et me dit que ça me coûtera neuf mille francs. Elle me dit que je dois apporter les preuves des griefs.

J'en ai tout plein de preuves, ça ne lui suffit pas, elle me recommande un huissier de justice et un détective privé.

J'ai quitté le cabinet d'avocat, et j'ai repleuré, sur le chemin du retour. Pendant quatre ans j'ai gardé tout pour moi, j'avais trop honte qui me croirait d'abord. Deux voisines et ami je leur raconte enfin, en leur annonçant que je demande le divorce. La première ne me croit pas non plus, ho non pas J.. ho non pas lui. L'autre amie m'a prise dans ses bras pour me consoler et m'a crue.

Un si bon garçon !

Quelques jours plus tard, je rends visite à mes parents pour leur emprunter 18000 francs pour m'acheter, une petite peugeot, que j'ai vu dans le "76"

Je suis bien obligée de leur dire que j'ai demandé le divorce , je ne donne pas les vraies raisons, mais ils sont très choqués. Mon père n'arrête pas de dire, "un si bon garçon", Ils n'entendent pas ce que je leur dis, qu'il m'a fait du mal, ça ne les interressent pas, ils pensent que c'est ma faute, un si bon garçon.....Il ne peut pas me faire du mal. Mon père me prête quand même, l'argent, je promets de rendre par mensualités et le reste, à la vente de la maison. Je mets la carte grise et l'assurance au nom de mon père, pour qu'il la récupère si je disparaissais et aussi pour qu'elle n'apparraisse pas dans la communauté. Au moment du partage.

Un soir je rentre avec ma petite voiture, je ne sais pas si mon mari l'a vu, il ne dit rien.

Il s'en aperçoit le lendemain matin, et me demande, la voiture devant la porte tu l'as louée

    —   non, elle est à nous, mon père m'a prêté de l'argent. Il n'a pas pipé, mais je le sens furieux, que je me sois débrouillée seule, depuis toujours je lui disais que je ne pouvais pas vivre sans lui, je vais me prouver le contraire.

Je lui annonce que j'ai demandé le divorce, il m'a répondu ; et bien tant mieux!

Les jours suivants sont difficiles pour lui, il rentre tard sort le dimanche.

Il s'achète une jument, et la met au nom de sa mère, afin qu'elle n'apparaisse pas dans la communauté......Comme ma voiture, peut-être.

Quelques temps plus tard, il m'a emmener, au club d'équitation et je me suis initiée à l'équitation.

Il s'est pris un avocat, qui lui a expliqué, que dans sa situation, il risquait de tout perdre, pouvait être obligé de me laisser sa part de la maison, comme indemnité compensatoire, du fait que je demande un divorce pour faute.

Il était furieux, je lui fait comprendre, que je n'en demande pas tant, qu'on s'arrangera, je veux juste vivre en paix.

On s'est mis d'accord, pour une somme et autres modalités. …

Le onze décembre 1992 nous passons en conciliation. Comme nous étions d'accord sur tout, nous sommes restés cinq minutes chez le juge, chacun notre tour. Je suis entrée la première, elle lit "Relations homosexuelles payantes avec des travestis"

-Je comprend fit-elle, maintenez-vous les griefs?

-Oui

Etant donnés les griefs, le juge n' a pas essayé de nous réconcilier.

Mon mari (encore) espérait, que je ferais marche arrière, chez le juge, et bien non, je dois tenir.
Entre temps je consulte un détective privé, recommandé par mon avocate. Enfin quelqu'un qui m'écoute et qui croit à mon histoire sordide. Je lui ai apporté les copies des chèques effectuées à deux travestis. Il en connait un, pour l'avoir connu à la brigade des moeurs, (il était policier avant ce travail). Il connaît donc ce Marc fiché aux moeurs, il a le surnom de Cathy les belles gambettes, (l'humour des policiers!). Donc plus tard il m'établira une attestation, que les chèques établis à ce monsieur sont conforment etc.... je n'avais finalement pas besoin de tout ça, puisque mon mari a reconnu les griefs devant le juge. Le détective, m'a appelé le soir de ma première visite
pour me dire qu'il avait été touché par mon histoire, qu'il voulait qu'on se revoie, et la fois d'après il m' a fait l'amour sur son bureau. Notre histoire dure deux mois, j'y mets fin à la saint Valentin car je m'était réconciliée avec mon mari. Je croyais me venger il n'en n'ai rien, ce monsieur est très atten tionné, je suis aussi très touchée, c'est la première fois , que j'ai quelqu'un d'autre je m'étais imaginée que ça m'aurait aidé à avancer, il n'en n'ai rien . Je suis accroc à mon mari.
Le réveillon de Noël mon mari devait être couché pour dix heures. J'étais restée devant la télé avec les enfants. Quand je suis allée me coucher vers minuit il pleurait comme un bébé, j'ai dù le consoler, il m'explique , qu'il pensait, que j'aurais été satisfaite le onze décembre, et que je me serait réconciliée.
Il me dit qu'il m'aime, qu'on est fait l'un pour l'autre etc....
J'avais très envie de faire marche arrière, mais j'avais envie aussi, de vouloir vivre en paix.

Il m'écrit la lettr suivante:

Ma puce,

Je profite d'un moment de calme pour t'écrire mes pensées, non pas par lacheté, car jespère que l'on en discutera après, que tu ais lu cette lettre, mais afin d'être clair dans mes propos, et de ne pas me "mêler les pinceaux".

J'ai bien compris que depuis quelques temps, tu commençais à refaire "surface" et que pour toi, seule l'issue d'un divorce te petmettrait de revivre normalement.

Je respecte totalement cette décision et je t'assure de tout faire pour que tu puisses oublier toutes les saloperis que je t'ai faites subir pendant ces quatre ans.

Après réflexion, je pense que notre attidude, d'hier soir, n'est pas bonne, pour l'un, comme pour l'autre. Je ne veux pas que sous prétexte de pitié, tu te sentes obligée d'avoir des rapports, (même autres que sexuels), pour me remonter le moral, car cela risquerait d'une part de nuire à ton moral pendant les semaines à venir, et d'autre part à me rendre la tâche encore plus difficile, lors de notre séparation. C'est à moi seul aujourd'hui d'assumer ma peine et mes regrets. Je veux absolument te laisser tranquille, pour que tu puisses très rapidement "remonter la pente".

En conséquence, à moins que tu y vois un inconvénient, je pense que nous devrions, au moins pendant la semaine, continuer à faire chambre à part.

Je t'assure que ce n'est pas de gaité de coeur que je te fais cette proposition, mais preuve de mon amour et uniquement et pour sauvegarder notre amitié.

Je t'assure que je ferai le maximum pour ne pas être triste

On s'est réconcilié le vingt février 1993, surtout moi. J'ai annulé la
procédure de divorce, et quelques semaines plus tard, je rechangeais
d'avis.
Ca va mieux jusqu'aux vacances on se "re aime". Au début des
vacances anniversaires des enfants, comme chaque été, depuis qu'ils
sont nés, 20 ans, 18 ans, 5 ans. Super fête .
Avons invité, grand parents et famille paternelle.
Nous partons en vacances à Port Leucate en juillet.
Mon fils ainé est reresté à la maison, car il retravaille à l'hôpital,
pendant l'été.
Nos vacances pas top, il fait plus froid qu'à R, où d'après la météo, il y
fait chaud. Je ne supporte pas la tramontane. Comme il y a trop de
vent sur la plage, nous allons au lac, ou ma fille et sont père, s'initient
à la planche à voile.
Nous sommes allés visiter le nord de l'Espagne, nous sommes arrêter
à Collioure.
La location pas top, une pièce avec coin cuisine, et repas. Un lit
escamotable pour ma fille et son petit frère, et nous nous dormons
dans le cli-clac, pour un couple "château branlant"c'est, pas ce qu'il y
a de mieux, de dormir à quatre dans la même pièce.
Retour à la maison, mon mari est de nouveau bizarre.
Je me suis remise à le suivre. Je suis maso.
Entre temps j'ai rendu visite à Marc. (Cathy les belles gambettes)
Il me dit qu'il ne connaît pas mon mari, je lui répond que moi je le
connais bien puisqu'il a encaissé mes chèques. Il admet finalement les
faits, qu'il connaissait mon mari, qu'il ne l'avait pas vu depuis
longtemps. Il me fait un squetche, qu'il avait des clients qui étaient,
mariés parfois, des personnes notables connues dans ce département,
que ça n'a rien à voir avec l'amour et patati et patata. Pas convaincue,
ça ne me fait pas avancer. Et me dit qu'il ne travaille plus car il est
séropositif. Ca me remet dans tous mes états, en rentrant je prie mon
mari de se faire dépister....Test négatif Dieu merci, la transfusion, les

travlos, j'ai eu chaud et mon bébé d'amour aussi.

Vers le début décembre, je reçois un courrier qui dit que le divorce a été prononcé le 29 octobre 1993. Je suis furieuse après mon avocate , car nous n'avons pas été convoqués, nous nous étions donnés la date du divorce, comme réflexion, en même temps un jour, je demande le divorce, un jour je l'annule.....C'est mieux ainsi.

Bref l'avocate ce qui linterresse, c'est notre fric, elle ne m'a jamais soutenue, je l'ai vu un jour attablée avec l'avocat de mon mari à la terrasse d'un restaurant. Ils doivent bien se marrer dans notre dos.

Le réveillon de Noël se passe gentiment, mon mari m'offre un bracelet, ou plutôt , c'est le père Noël qui me l'a apporté, car il est venu pour mon bébé qui a maintenant cinq ans et demi.

Les grands savent depuis peu que j'ai demandé le divorce .

Quelques mois avant le divorce, j'avais reçu, une lettre épaisse, mal collée, les enfants m'ont avoué l'avoir lu. Comme ça ils ont été renseignés. Dans cette lettre il y avait toutes les formalités concernant les modalités du divorce, que les griefs n'apparaîtraient pas dans le jugement de divorce, justement, pour que les enfants n'en connaissent pas les détails. C'était marqué Griefs: "Monsieur X a eu des relations homosexuelles payantes avec des travestis".

Mon fils avait vingt ans et ma fille 18 ans. J'ignore si ils ont bien tout compris, plus tard sans doute.

En mars 1994, sur le relevé de banque, apparaît la somme de 260 francs, le neuf février, paiement d'un bijou au Neufbourg (27). J'ai eu trois roses à la saint Valentin. Ca ne peux pas se remettre entre nous, il continue à me rendre malade. Je lui ai téléphoné et l'ai prié de me dire la vérité. A qui il a fait un cadeau? Eh bien il a fêté la saint Valentin, le midi, avec une morue, ou un mec je n'ai jamais su. Depuis je lui refile le train , comme au début, j'avais mon bébé, derrière et je roulais à cent quatre vingt sur la route du Neufbourg.

Le jeudi dix mars 1994 il me demande si je vais le suivre encore longtemps? En arrivant en retard.

Je suis tellement sidérée, que je lui balance tout ce qu'il y a sur la table, je lui avait préparé un dîner comme il aime, escalopes et pommes de terre à la crème, tarte belge, plus un bouquet de jonquilles, dans un vase que m'ont offert les anciennes collègues, à mon départ en retraite. Tout à la figure.

Je m'arrête, car j'entends mon petit garçon. qui descends les escaliers, je m'empresse d'aller le recoucher, et lui raconte, que j'ai trop tiré sur la nappe et que j'ai tout fait tomber, ça m'a mise en colère. On s'est fait un câlin et il s'est rendormi. Heureusement ma fille le jeudi elle a entrainement de basket , et dort chez une amie, de toute façon je me serais mieux tenue, c'est ce que j'ai fait depuis le dix sept septembre 1988, souffrir en silence, tout le monde a cru longtemps que c'était un baby blues.

Quand je suis redescendue de réendormir, mon petit garçon, mon mari, pardon ex. Il nettoyait mes dégats, les pommes de terre accrochées aux briques du mur, la crème sur les vitres.

Con que je suis , je lui présente des excuses, pour m'être emportée de la sorte. C'est la meilleure, c'est lui qui me rend folle et c'est ma faute.

J'ai très envie qu'il parte, ou qu'il meure j'aurai préféré qu'il meure, veuve c'est mieux que divorcée, j'aurai pas eu honte, on m'aurait cru, sans contestation, j'aurai été regardé d'un autre oeil.

Atmosphère tendus les jours suivants.

Le dimanche suivant j'emmène mon petit garçon à Saint Valéry, et C.demande à son père s'il vient avec nous. Alors nous partons tous les trois. Promenade sur la digue, balade en centre ville, pose crêpes. C. voit "Super Mario" en vitrine, son père entre dans la boutique et lui achète, c'est un réveil.

Bon dimanche pour mon petit garçon.

Pour le couple, pas d'amélioration, bonjour, bonsoir, rien de plus.

Le vendredi dix huit mars, je lui demande de partir, puisque la justice a dit que je reste dans la maison avec les enfants , en attendant la vente.

Il me baratine, qu'il ne veut pas payer deux loyers, je réponds que je paierai le mien, que je vais me débrouillée, etc...

Le soir câlin, il m'aime encore! Il faut lui laisser du temps! Et quoi encore!

Baratin affectueux, comme il sait faire, il m'aime pour mieux me le faire payer ensuite.

Vacances de Pâques 1994, je m'invite quelques jours chez mon beau-père, à Grand-Camp (14)

Je ne donne pas les raisons, de ma venue, que C. a besoin de prendre l'air.

Je ne dors pas bien, C. dort avec moi, et il est "mauvais coucheur".
Pas grave,

Le matin suivant, rituel tiercé de Papy, promenade au port jusqu'au bateau de Papy, tiercé sur le retour et déjeûner.L'après midi, C. et moi allons nous promener sur la plage, on a joué au jardin jusqu'à 16h30.

Pendant que Papy et Mamy était devant Jacques Martin à télé dimanche.

Le soir j'ai regardé "BOUNTY" un très beaux film.

Je décide de rentrer le mardi 26.

On se promène sur les plage du débarquement jusqu'à Courseules, super journée tous les deux, et retour à la maison.

Pâques 1994, chez belle maman. C. est content de revoir son cousin.

Le lundi de pâques je prie mon ex-mari de partir puisque nous sommes divorcés, depuis le 29 octobre 1993. Il prétend que son avocat est en vacances jusqu'au 24 avril. Il ne veut pas se mettre dans son tort, en acceptant que se soit moi qui paie le loyer.

J'en bave tous les jours, Je suis retournée voir mon avocate, lui explique la situation intenable que je vis, que mon ex-mari est toujours, au domicile. Elle me propose de le faire déloger par les gendarmes. Elle est vraiment tarée! Et les enfants alors! Je ne les vois pas spectateurs de celà, leur père entre deux gendarmes....n'importe quoi!

Je m'enfonce dans une de ces dépression, je ne fait que pleurer, je suis inconsolable.

Le dimanche 10 avril, amoureux comme il sait faire, je l'envoie balader.

Fin avril ma collègue et amie M-C, me recommende, un psychiatre, je n'aime pas ces gens là, me rappelle trop ma mère, qui était tout le temps en psychiatrie. M-C me dit tu vas te retrouver à l'HP ou en prison.

Cet été 1994, je me décide enfin à consulter. Il me prescrit des anti-dépresseurs, première fois en six ans. Les anti-anxiolytiques ne sont pas efficaces, servent de pansement, mais ne guéritssent pas.

Ce docteur me dit qu'avec ce médicament, je vais y voir plus clair, et je l'arrête quand je veux. Pas de dépendance.

Il me dit également, que je dois choisir de partir ou de rester, si mon

ex-mari ne me convient pas, je pars, si je reste je l'accepte comme il
est.
Un mois plus tard j'y vois plus clair, en août je cherche un
appartement et déménage le premier septembre.
J'ai dit à C. que l'on se rapprochait de sa nouvelle école, ce qui est
vrai, il entre en CP.
Ont viendra voir papa le week-end.
Ma fille a eu son bac en juin dernier et rentre à l'IUT. Elle habitera
avec moi, et prendra la chambre que M-C louait à son frère l'été.
Mon fils ainé part à Toulouse à l'ENSEEHT de Toulouse. Je suis triste
qu'il parte si loin, on ne se reverra qu'aux vacances.
Mon ex-mari est sous le choc, que je sois partie, il s'imaginait que
jamais je ne partirai, que j'avais trop besoin de lui. A force de dire "je
ne pourrais jamais me passer de toi!"
Enfin le premier soir dans mon appartement, je me sens soulagée,
délivrée d'un poids, d'un cauchemard. Il est resté dans la maison
jusqu'à la vente de la maison en septembre 1995. C. ne veut pas y
dormir sans moi, je le laisse une journée le week-end, le dépose,
quelques heures, pendant ce temps, je rends visite aux voisines et
amies. Nous faisons ainsi, quelques mois, et un jour, C. me dit qu'il va
dormir avec papa.
Mon ex-mari a encore dormi avec moi, une fois dans mon
appartement. Je suis toujours "accro"
Après la vente de la maison, il est allé vivre six mois chez sa mère, en
attendant de trouver un autre logement.
J'ai quitté l'appartement, pour   acheter une maison de ville, avec
l'argent du divorce. Enfin un chez moi à moi seule avec mon bébé et
ma grande fille qui elle restera encore avec nous pendant un an, en
attendant un travail et qu'elle trouve un appartement.
Mon grand garçon est étudiant à Toulouse, j'aurai aimé qu'il soit là,
pour partager mon mieux-être.
Dans ma maison, j'ai encore couché une fois avec mon ex-mari, au
début 1996, quelques jours avant la saint Valentin que je voulais fêter
avec lui, il n'était pas libre, alors cette fois j'ai dit ça suffit. Cette fois
c'était bien fini.
Les conflits dureront encore jusqu'en 2000.
On se voit tous les quinze jours, il s'occuppe bien de son fils. Il ne
s'était pas occupé de lui pendant 6 ans. Mais C. est très maheureux, il
pleure le soir quand il rentre de chez son père. Il voudrait que l'on se
remette ensemble. Je le câline, le réconforte, lui explique, que pour lui

c'est mieux qu'il nous voit séparémment. Il finit par s'adapter à cette nouvelle vie.

Le Noël suivant, mes trois enfants vont faire la fête avec papa chez leur grand-mère. Pour moi c'est horrible, c'est la première fois que je suis sans eux, à Noël, je me sens encore punie. Je n'ai rien fait de mal pour mériter celà. Comme j'ai perçu l'argent de la maison, je suis partie trois jours, le 24, 25, 26 décembre, à la montagne, je me suis dépaysée. Suis allée à la messe de minuit; "jouez hautbois, raisonnez musette"! Le 25 j'ai fait une remontée télésiège et une descente à ski avec un moniteur. Le 26 retour.

Je revivrais cette absence, à chaque vacances, surtout l'été, car C. part trois semaines , et souvent part à l'étranger, prend l'avion, je suis morte d'angoisse et de manque. J'ai très mal je me sens punie, déchirée à chaque départ. Je me sens toujours victime de quelque chose, je paie pour quelque chose que je n'ai pas fait. Cette douleur je la ressentirai tout le reste de ma vie, même, si je me suis fait une vie paisible.

Les autres Noël, je prends des gardes de personnes agées, car depuis septembre 1992, je suis retraitée du CHU, et les vingt ans suivants, j'ai travaillé à domicile, chez des personnes agées.

Mon ex-mari reste susceptible, jusqu'en mai 2000. Me fait des histoires pour un oui et pour un non.

Il m'écrit, des tas "d'âneries", il est le dindon de la farce, le laisser pour compte etc...

Dernière de mes réponses.

Le dindon de la farce ce n'est ni toi, ni moi, mais C. et ceci depuis le 17 septembre 1988.

Je ne te rappelle pas les faits, car je ne souhaite pas être désagréable et vulgaire cette fois.

Je suis d'accord pour régler nos différents, mais ne me dis pas encore que je me sers de lui.

Tout d'adord, je maintiens que je n'ai jamais dit, que tu rendais le linge sale, je n'ai rien à dire à ce sujet. Si C. t'as dit quelque chose de ce genre, j'ignore pourquoi, mais il en dira d'autre. Il essaie peut-être de nous dire quelque chose, en créant des conflits, ce n'est pas une vie pour lui.

A nous d'être diplomate.

Concernant la profession de foi, elle se fait sur deux week-end le 20 et 27 mai j'avais choisi le 27 week-end maman, mais nous sommes invités aux 20 ans de L. Alors j'ai choisi le 20 mai 2000.

Ce n'est pas moi qui lui ai imposé, un wek-end maman, un week-end papa.

C'est lui qui a choisi et comme c'est sa fête à lui, je n'ai pas fait d'opposition, ni que tu serais le dindon de la farce!

Je n'ai jamais contesté tes droits de père, il n'empêche que C. a des droits lui aussi, le droit au bonheur.

Cesses de toujours me rejeter les responsabilités. C'est vrai il m'arrive encore de pêter les plombs, mais tu sais pourquoi.

Tu peux comprendre que je puisse être encore amère. Même si tu as payé cher, ça ne m' a pas guérie pour autant. Soit un peu indulgent et moins susceptible.

Les ainés ont été élevés en harmonie, ce n'est pas le cas de C. Enfin pour le bonheur de C. je te propose de lui faire le plus beau des cadeaux: je t'invite avec qui tu voudras, à dîner le soir du 20 mai. En ce jour de profession de foi, ce serait très chrétien de notre part de mettre deLe dindon de la farce ce n'est ni toi, ni moi, mais C. et ceci depuis le 17 septembre 1988.

 côté notre fierté. côté notre fierté. Le dindon de la farce ce n'est ni toi, ni moi, mais C. et ceci depuis le 17 septembre 1988. Salut Angèle

Donc le soir du 20 mai 2000, C. vient me voir et me dit papa est là, je
réponds c'est normal, je l'ai invité, c'était la surprise. C. était content
de revoir, ses cousins et cousines, et surtout sont père et sa mère
réunis.
A partir du 20 mai 2000, les choses se sont apaisées.
Au Noël suivant, mon ex-mari était seul au réveillon de Noël, je l'ai
donc invité.
Après, un rituel s'est installé, le Noël d'après il m'a invité.
Une fois chez moi une fois chez lui.
On fait Pâques, chez lui, je l'invite à l'anniversaire des enfants au
début de l'été etc....
Quand il invite les enfants au restaurants, il m'invite aussi, la première
fois que c'est arrivé, C. a dit "j'aime bien quand on est tous les cinq!!

Nous cinq, avril 1989, Bâptême de mon bébé

Nous sommes en avril 2020, je n'aurai jamais publié mon journal, si
mon "petit dernier", n'avait été mis au courrant de notre histoire, par
des personnes mal intentionnées. En effet en 2014, on lui a fait
savoir, ce qu'il n'avait pas à savoir. C'était d'ailleurs ma hantise, qu'il
sache, car son père avait été, un bon père, et je ne voulais pas, que C.
aie une autre opinion. Le dix sept septembre 1988 C. n'avait que trois
mois, et la première commère qui a fait suivre les informations ne
nous connaissait pas encore, elle était une enfant à l'époque.
J'avais peur que ce jour arrive, car jétais allée souvent pleurer chez
mon frère. Je me disais toujours faudra pas que je me fache avec lui et
ses enfants. Et c'est arrivé. C'est ma faute.
 Donc un jour C. m'a questionnée sur son père, avant de remonter
dans sa voiture, je lui ai dit que je lui raconterai au téléphonne, car
c'est trop long à raconter et son petit garçon a chaud dans la voitue. Le
jour ou je l'ai appelé j'en ai repleuré. La douleur est toujours là,
intacte, malgré le temps , plus de trente ans...
Finalement les commères ont eu raison, je n'aurai jamais pu moi-
même. En même temps elles ne savaient pas grand chose.
Nous sommes en plein confinement "coronavirus"oblige. Pour moi
ça ne change rien, car je suis agoraphobe, et ne sortais qu'une fois par
semaine faire les courses. Je vois mes enfants toutes les six semaines
environ. Mais là, ça a été plus long, j'ai vu les ainés à Noël et C. aux
vacances de février, quand j'ai eu ses deux enfants , une journée. Là,
je ne les vois qu'en visioconférence. Ils me manquent, enfants et petits
enfants.
J'ai donc eu le temps de tapuscrire mon journal. Et par la même
occasion retouner dans mon cauchemard!! Il parraît que ça soigne
d'écrire, bof!! A part le psychiatre et le détective privé, pas beaucoup
de monde ne m'ont entendu, et puis je n'ai pas donné les détails.

FIN.

Le matin visite de Lourdes, pas de miracle!!

L'après- midi pédalage sur le lac de Lourdes